LOS MAS PELIGROSOS

POR TERRI FIELDS

ILUSTRADO POR LAURA JACQUES

Las escalofriantes criaturas han venido de cerca y de muy lejos para ganar el título y el trofeo como La Más Peligrosa del Mundo. Cada una estaba lista para impresionar a los jueces.

Desde Australia, nadó una cubomedusa. "Cuando encuentro mi comida, los filamentos en mis tentáculos venenosos matan rápidamente".

El siguiente, un taipán del interior se deslizó al frente. "Yo tengo el veneno mortal más venenoso que cualquier víbora, así que manténganse lejos".

"Horripilante", murmuró un juez. "Pero a él gusta evitar a la gente, así que si lo dejas en paz, probablemente estarás bien".

Desde el océano, salió un gran tiburón blanco de 15 pies de largo. "Yo estoy aquí para ganar. Puedo oler la sangre a millas de distancia. Tengo 3,000 dientes que muerden muy fuerte. Hasta puedo comerme a una pequeña ballena dientona. ¡Tengan cuidado!"

"*Uuuyyyy*", un juez saltó alejándose más y entonces dijo, "Pero ¿no se han muerto más personas por mordidas de perros que por mordidas de tiburones?"

Cuando un pez erizo llegó, otros participantes se rieron. "No canten victoria", dijo y se empezó a inflar. Muy pronto, estaba mucho más grande que su tamaño normal. "Traten de comerme, y se morirán. Estoy lleno de veneno".

Un juez dijo, "¿No pueden los cocineros en Japón obtener una licencia especial para cocinar estos peces?"

En seguida, era el turno de una araña errante del Brasil, "Puede que sea pequeña, pero soy mortal. Me meto a las cajas de plátanos que son enviados a todo el mundo. Mi veneno es realmente fuerte así que mucho cuidado cuando agarren uno la próxima vez".

Uno de los jueces tembló de miedo.

Hubo un gran estruendo cuando un búfalo cafre llegó del África. "Yo peso 1,500 libras, y mis cuernos son super filosos y muy grandes. Yo te puedo derribar. Hasta los leones se mantienen lejos de mí".

Un cocodrilo de agua salada no estaba impresionado. "Oye, yo también soy un tipo grande. Yo me quedo debajo de la superficie cerca de la orilla del agua. Cuando una persona o un animal pasa por ahí, salgo del agua y lo ahogo. Entonces, empieza la fiesta para mí".

El siguiente en la fila era un hipopótamo. "Bueno, soy grande y también tengo mal humor. Soy muy rápido sobre la tierra y en el agua. Con mis dientes de 20 pulgadas y mis enormes colmillos, te demoleré si es que estás en mi territorio o molestando a mis bebitos".

Albotorando sus alas, el casuario atrapó la atención de los jueces. "Yo soy muy tímido, pero quiero que sepan que las aves pueden causar miedo también. Si me molestas, te patearé con estas patas muy fuertes, y mis uñas super filosas te desgarrarán la piel".

Los jueces tragaron saliva. ¿Cómo escogerían a un ganador? Justo habían empezado a votar cuando escucharon, "Oigan, esperen un minuto. Se olvidaron de mí". Y pasó un pequeño mosquito.

En lugar de escuchar lo que el mosquito les dijo a los jueces, los otros participantes se rieron. Y lo molestaron, "Tú no tienes veneno, no tienes cuernos filosos, ni patas que den miedo, ni dientes grandes, y eres tan pequeño, que nosotros apenas te vemos. Ahora, vete de aquí para que podamos escuchar al ganador".

Y volteándose hacia los jueces, cada uno empezó a gritar, "¡Escójanme a mí! ¡Escójanme a mí!

Los animales gritaban tan fuerte que los jueces apenas podían hablar uno con otro, pero se pararon cerca del gran trofeo.

A los jueces les temblaban las rodillas mientras ellos anunciaban, "Todos ustedes son muy peligrosos. Todos ustedes son mortales. Pero hemos escogido a un ganador, y el animal más peligroso de todos es . . .

"... ¡el mosquito!"

El público emitió un sonido de asombro.

"¿El mosquito?" Los animales amenazantes respondieron, "¡No puede ser! ¿Cómo pudo ganar esa cosa pequeñita? Ustedes deben tener una buena razón, o si no ..."

Un juez pasó saliva. "La tenemos. La tenemos. La mayoría de ustedes se encuentran en un solo lugar mientras que los mosquitos viven en la mayoría de los lugares donde viven los humanos. Ciertamente, ustedes son más tenebrosos, y están más grandes, pero el piquete un pequeño mosquito esparce la mayoría de las enfermedades y la muerte de todo el reino animal".

Y así que, mientras algunas de las criaturas más peligrosas y escalofriantes en el mundo se marcharon desilusionadas, el pequeño mosquito voló a lo alto del gran trofeo y subió dos patitas en señal de victoria.

Para las mentes creativas

Adaptaciones peligrosas

Los animales no van a la tienda de víveres para comprar su comida. Los animales salvajes que comen carne (carnívoros) deben cazar y matar a su presa si quieren vivir. Y los animales se protegen a sí mismos, a sus crías y/o a su territorio. Cada animal tiene partes del cuerpo o comportamientos (adaptaciones) para ayudar a encontrar y obtener comida (planta o animal) y para protegerse a sí mismos para no convertirse en una presa.

Algunos animales muerden a su presa para matarla. La mayoría del tiempo, ellos tienen hocicos grandes, mandíbulas fuertes, y dientes filosos para cortar a través de otra piel de animal y sus huesos. Ellos pueden agarrar a su presa con sus fuertes dientes y pueden sacudir sus cabezas rápidamente hacia adelante y hacia atrás para romperles el cuello. ¿Alguna vez has visto cómo un perro sacude un animal de peluche? Está actuando por instinto; así es como un perro salvaje mataría a una presa.

  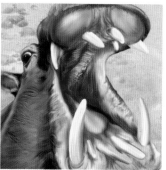

Los animales venenosos sueltan un veneno (una sustancia tóxica) cuando muerden o pican. Estos animales hacen el veneno dentro de sus cuerpos y lo utilizan para matar a su presa (los animales que ellos quieren comerse). También utilizarán el veneno para protegerse a sí mismos de depredadores o si están asustados. No todos los animales venenosos pueden matar a un humano, pero les pueden causar dolor. El veneno de las hormigas bravas o de las abejas puede ser doloroso pero no puede matar a un humano, a menos que el humano sea alérgico.

Los animales venenosos no hacen el veneno en sus cuerpos pero generalmente, obtienen el veneno de cosas que ellos se comen. Se vuelven "venenosos" a algo que los toca o se los come (defensa).

En algunos casos, como el mosquito, el animal puede tener gérmenes que no son parte de su protección o defensa. Los gérmenes son sólo algo que adquirieron al comer algo diferente. Pero, cuando pica o es comido, los gérmenes se pasan y hacen que el siguiente animal se enferme. Los mosquitos pueden acarrear muchas enfermedades que pueden causar que la gente sufra de fiebres altas, naúseas, debilidad, erupciones, y muerte. Si utilizamos protección contra los insectos cuando estemos al aire libre ayudará a mantener lejos a los mosquitos. Para la gente que vive en el trópico, utilizar una red alrededor de la cama por la noche también va a prevenir las picaduras de los mosquitos.

¿Cómo utilizan los animales las adaptaciones: Depredador o Presa?

Algunos depredadores utilizan estas adaptaciones para obtener la comida. Algunos utilizan estas adaptaciones para no convertirse en la presa de otros depredadores. Muchos animales utilizan las adaptaciones para ambas razones. ¿Las adaptaciones ayudan a los depredadores a cazar a su presa, proteger a la presa de los depredadores, o ambas? ¿Puedes pensar en otros animales que puedan utilizar las mismas adaptaciones para la misma causa?

El veneno en los tentáculos de las cubomedusas matan a la presa casi de inmediato y protege a las medusas de ser presas de los pulpos o tiburones. Por alguna razón, las tortugas de mar pueden comerse a estos animales sin que las piquen.

Los taipanes del interior utilizan el veneno para cazar su comida favorita: ratas y ratones. También, utilizarán el veneno para protegerse a sí mismos. Afortunadamente, estas víboras son tímidas y raramente vistas por los humanos.

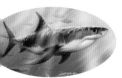

Los tiburones se comen todo y de todo dándole una gran mordida a su presa con sus grandes bocas y filosos dientes, como de sierra. A pesar que se encuentran "al principio de la cadena alimenticia", los más jóvenes se protegen con sus dientes.

Los peces erizo utilizan el agua o el aire para inflarse como un globo y tienen espinas para evitar ser comidos por los depredadores. También tienen la bacteria venenosa de las algas que se han comido.

Las arañas errantes del Brasil no esperan a su comida en su telaraña. Ellas cazan activamente y matan a su presa con su veneno. Si están asustadas, ellas utilizan su veneno para protegerse a sí mismas.

El búfalo cafre puede pesar hasta 2,000 lbs (900 kg). Pueden derribar cualquier cosa en su camino. Ellos utilizarán sus cuernos para defender a sus crías atacando a los leones, hienas, y humanos.

Los cocodrilos de agua salada atrapan a su presa con sus fuertes quijadas y sus dientes filosos y se los llevan al agua para comérselos. Ellos cazan animales que viven en el agua o en la tierra seca. Si están asustados, ellos atacan a los animales que se acercan demasiado—inclusive a los humanos.

Los hipopótamos comen plantas. Ellos utilizan sus largos colmillos y sus dientes para defender a sus crías y sus territorios.

Los casuarios están emparentados a las avestruces y los emús. Estas tímidas aves patearán con sus patas fuertes y sus uñas filosas si se sienten amenazadas.

Respuestas: cubomedusas: ambos; taipanes de interior: ambos, tiburón: depredador; peces erizo: protección; arañas errantes del Brasil: ambos; Búfalo cafre: ambos; cocodrilos de agua salada, ambos; hipopótamos: protección; casuarios: protección.

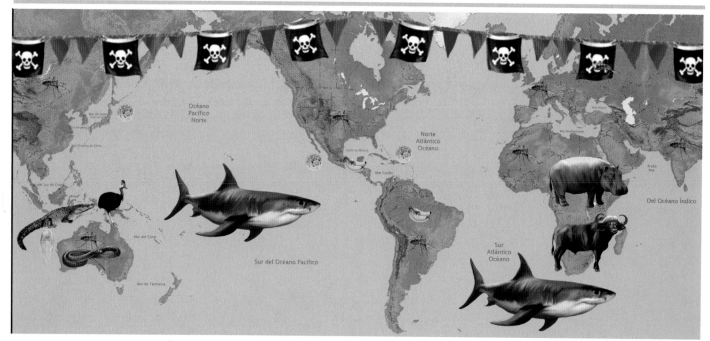

Encuentra a los animales en el mapa.

Hay cientos de diferentes tipos de medusas en el mundo. Las cubomedusas venenosas viven en las aguas del océano tropical del norte de Australia e Indonesia.

El taipán interior vive en el desierto y en las zonas con arbustos de Australia. No todas las víboras son venenosas y de las que lo son, no todas son mortales para los humanos.

Los tiburones blancos viven en océanos templados (ni muy calientes y ni muy fríos) en todo el mundo. Ellos visitan las áreas de crianza de las focas y los leones marinos donde es fácil obtener la comida.

Los peces erizo viven en agua tibia, aguas de oceános tropicales de todo el mundo. Ellos prefieren las aguas bajas alrededor de los arrecifes, manglares, y posidóneas.

Las arañas errantes del Brasil viven en los bosques lluviosos de América Central y del Sur. Ellas vagan en la noche por el suelo de la jungla buscando comida pero se esconden durante el día en los montículos de las termitas o las plantas de los plátanos.

El búfalo cafre vive cerca del agua a lo largo de las sábanas del África.

Los cocodrilos de agua salada viven en los ríos y en el océano fuera de la costa este de la India, partes del sureste de Asia, y en la parte norte de Australia.

Los hipopótamos viven en Africa, sobre la tierra y en el agua. A pesar que pastan a menudo, únicamente son territoriales en el agua.

Los casuarios viven en los bosques tropicales de Nueva Guinea y en el noreste de Australia. Estas aves caminan y corren pero no vuelan.

Los mosquitos viven cerca del agua en todos los continentes excepto la Antártica. Ellos están activos todo el año en las regiones tropicales pero hibernan en el invierno donde se pone frío.

Piénsalo bien: Diseña un animal

Diseña (dibuja o construye un modelo con arcilla) un animal a tu manera. Piénsalo y ponte listo para responder a estas preguntas:

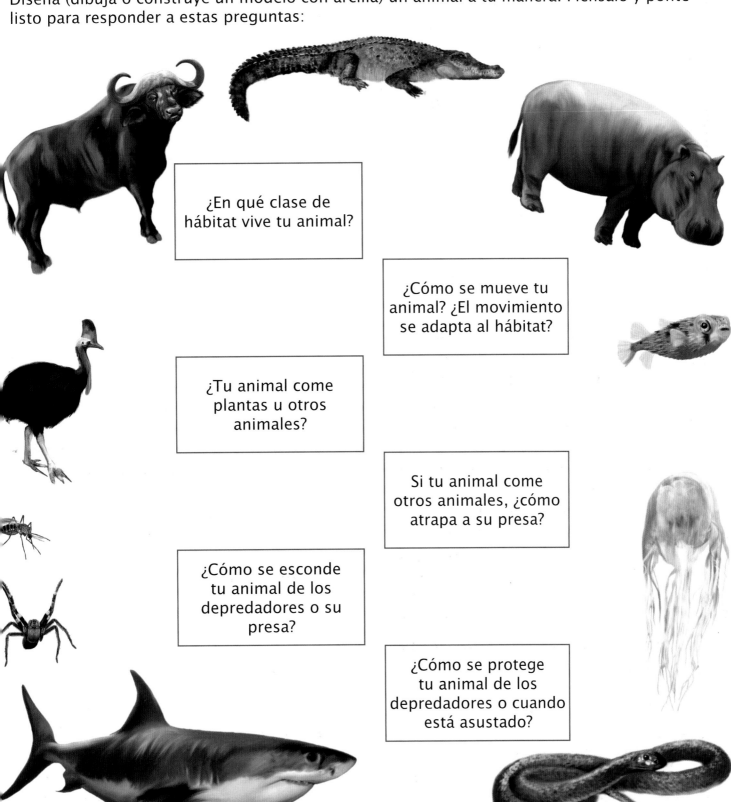

¿En qué clase de hábitat vive tu animal?

¿Cómo se mueve tu animal? ¿El movimiento se adapta al hábitat?

¿Tu animal come plantas u otros animales?

Si tu animal come otros animales, ¿cómo atrapa a su presa?

¿Cómo se esconde tu animal de los depredadores o su presa?

¿Cómo se protege tu animal de los depredadores o cuando está asustado?

Con agradecimiento a Loran Wlodarski, Escritora de Ciencias, por la verificación de la autenticidad de la información en este libro.

Los datos de catalogación en información (CIP) están disponibles en la Biblioteca Nacional

portada dura en Español ISBN: 978-1-60718-677-9
portada dura en Inglés ISBN: 978-1-607185-260
portada suave en Inglés ISBN: 978-1-607185-352
eBook en Inglés ISBN: 978-1-607185-444
eBook en Español ISBN: 978-1-607185-536

También disponible en cambio de hoja y lectura automática, página en 3era. Dimensión, y selección de textos en Inglés y Español y libros de audio eBooks
ISBN: 978-1-60718-563-5

Título original: The Most Dangerous
Traducido por Rosalyna Toth

Elaborado en China, junio, 2012
Este producto se ajusta al CPSIA 2008
Primera Impresión

Sylvan Dell Publishing
Mt. Pleasant, SC 29464